Ingwertee statt Cocktail

Maribel Rana

„Ihre Versichertenkarte, bitte."
Die Arzthelferin Silvia lächelt den neuen Patienten freundlich an. Vertrauen erwecken, willkommen heißen, würde ihr Chef sagen. Genau so wünscht Uwe Baumann, dass neue Patienten behandelt werden.

„Hier bitte." Der junge Mann gibt ihr die Karte und blickt sie an. Ihm gefällt, was er sieht. Silvia hat dunkelbraune, lockige Haare, die zwar zurückgesteckt sind, aber einige vorwitzige Strähnen machen sich selbständig und umrahmen das hübsche Gesicht. Das Schönste aber sind die Augen, die dunklen, strahlenden Augen. Er schätzt sie auf etwa 30 Jahre.

„Nehmen Sie doch noch im Wartezimmer Platz, Herr Becker." Silvia hat schon bemerkt, wie er sie angesehen hat.

Die Praxis ist straff durchorganisiert. Es sind drei Arzthelferinnen da, die Hand in Hand zusammenarbeiten. Jeder Patient wartet im Flur, bis eine von ihnen frei ist. Dazwischen kommen Telefonate, Laborbefunde, Blutabnahmen, ...

Das Telefon klingelt, eine Frau möchte ein Rezept bestellen.

„Carvedilol 12,5, bitte." Silvia schaut in den Computer, findet die Patientin und das Medikament.

„Das mache ich gleich fertig. Kommen Sie aber bitte in der nächsten Stunde vorbei. Länger sind wir nicht da."

„Gott sei Dank.", denkt Silvia. Es ist Freitag Nachmittag. Bald ist Feierabend. Ausruhen, meinen Gedanken nachhängen, vielleicht telefonieren, fernsehen, oder ...

„Herr Becker, bitte." Der letzte Patient für heute. „Wie der mich ansieht", denkt Silvia. Aber für meinen Geschmack ähnelt er meinem Exfreund Tim viel zu sehr. Und wenn ich an den schon denke, verliere ich das Interesse an allen Männern. Und zwar gründlich. Thomas Becker hat mittelblonde Haare – wie Tim – und blaue Augen – wie Tim – und er grinst frech – wie Tim.

Silvia ist in Gedanken, während sie weiter Routinearbeiten in der Praxis erledigt.

Sie seufzt und denkt: „Tim ist ein Thema, das mir aber auch jede gute Laune verderben kann. Auch wenn ich mich noch so bemühe, das zu vergessen, es ist einfach noch zu frisch. Vor genau fünf Wochen habe ich entdeckt, dass er mich betrügt. Und das, obwohl ich so viel für ihn getan habe. Er hat bei mir gewohnt, gegessen und sich noch meistens bedienen lassen. Weil er gerade eine schwierige Phase durchgemacht hat. Weil er gerade so viel Pech hatte. Weil ihn gerade jemand übers Ohr

3

*gehauen hatte. Nur leider dauerte das „gerade"
eineinhalb Jahre.*

*Also eigentlich hätte mir nichts besseres passieren
können, als dass ich ihn mit dieser Christa erwischt habe,
weil ich zufällig mal früher nach Hause kam. Leider kann
ich das noch nicht so sehen.
Mein Verstand sagt : „Mensch, sei doch froh, dass du ihn
los bist."
Aber mein Gefühl sagt: „Also, mir wäre es lieber
gewesen, ich hätte Schluss gemacht. Ihm ein Ultimatum
gestellt: Wenn du dich bis zu diesem Datum nicht änderst,
mehr im Haushalt machst, dich mehr einbringst, dir mehr
Mühe gibst, dann ...
Aber das habe ich nicht getan. Ich nehme es mir selbst
übel. Vielleicht bin ich mehr auf mich selbst sauer als auf
ihn."*

*Der Patient kommt wieder aus dem Sprechzimmer. Er
grinst Silvia schon wieder an. Die Frau mit dem Rezept ist
gerade da. Bevor der junge Mann geht, sagt er zu Silvia –
und fixiert sie dabei mit einem Blick, von dem er
vermutlich selbst denkt, dass er unwiderstehlich wäre:
„Na, bald Feierabend? Gehen wir zusammen noch was
essen? Oder trinken?"*

*Doch leider ist der Blick doch nicht unwiderstehlich und
der Typ ist ihr zu aufdringlich. Die Patientin schaut auch
schon ganz komisch. Sie weiß gar nicht so recht, wie sie
sich jetzt verhalten soll. Sie muss doch am Arbeitsplatz*

immer freundlich bleiben.

Silvia fällt nichts anderes ein als: „Tut mir leid, ich habe heute Abend schon was vor."

„Wie blöd," denkt sie. „Jetzt meint er, dass ich ein andermal mit ihm ausgehen würde. Also, ich muss eindeutig besser reagieren und deutliche Signale setzen, das nehme ich mir vor."

„Na, vielleicht klappt es ja beim nächsten Mal.", meint der Patient. Genau wie sie befürchtet hat.

„Aber bis dahin habe ich mir eine bessere Strategie überlegt.", denkt Silvia.

Mit ihrer Kollegin Martina macht sie noch Ordnung. Dr. Baumann ist da sehr penibel. Alles muss genau da sein, wo es sein soll. Alles greifbar, alles korrekt. Nur dann kann eine Praxis richtig laufen. Beide machen etwas müde, aber routiniert ihre Arbeit, räumen Utensilien weg, sterilisieren Instrumente, archivieren Unterlagen. Dann ist es endlich soweit. Feierabend und Wochenende!

Silvia und Martina gehen zusammen zum Parkplatz. Silvia steigt in ihren magentafarbenen Ford Fiesta.

„Tschüs und schönes Wochenende!"

Dann ist sie im Auto allein. Sie schaltet das Radio an.

„I just need a little bit love,
You just need a little bit love,
and it makes me crazy
how I need you baby ... "

Nein, das ist doch nicht zum Aushalten! Das nervt! Sie fährt in ein Wochenende ohne private Pläne, ohne Partner, ohne Verabredung und möchte jetzt keine Liebeslieder hören. Dann eben gar keine Musik. Sie schaltet das Autoradio aus.

Was kann sie machen? Eben noch freudig über das beginnende Wochenende, entsteht in ihr eine große Leere. Ihr wird bewusst, dass sie nach dem Ausruhen in ihrer Wohnung sitzen wird und sich allein fühlen wird.

Soll sie zu ihren Eltern fahren? München ist doch ein bisschen weit von Karlsruhe entfernt und die Fahrt ist anstrengend. Oder versuchen, sich mit einer Freundin zu treffen? Die Situation ist noch relativ neu für sie. Eigentlich sind alle Freundinnen mit jemandem zusammen und es macht ihr nicht so viel Spaß, als Anhang mitzugehen. Besser als zu Hause zu bleiben ist es doch bestimmt? Ach, keine Ahnung.

Aber deswegen mit jemandem auszugehen, der ihr nicht so gefällt, so wie dieser Markus Becker? Sie fühlt sich noch zu unsicher, zu verletzlich, um so eine Situation unbeschadet zu überstehen. Und überhaupt. Was bringt es denn, auszugehen, wenn man dann keinen Spaß hat, keine lustigen Gespräche führt, sich nicht hingezogen fühlt zu dem anderen? Nur um nicht allein zu Hause zu bleiben? Das ist kein gutes Gefühl.

Der Berufsverkehr ist wieder mal heftig. „Konzentrier dich, Silvia", denkt sie. „Zu Hause auf der Couch mit einem schönen Film wird es dann gemütlich."

Ihre kleine Wohnung liegt am Rand der Stadt Karlsruhe, in einer ruhigen Straße. Es ist eine Altbauwohnung im ersten Stock, die Straße wird von großen Bäumen gesäumt. Sie hat ihre Wohnung nach ihrem Geschmack eingerichtet, auch wenn noch einige Sachen da sind, die an Tim erinnern: Ein Motorradfoto am Kühlschrank – das sollte sie mal abmachen – und ein Männershampoo im Bad – das will sie aufbrauchen – und die Kaffeemaschine, die er unbedingt haben wollte, weil der Kaffee viiiiel besser schmeckt – das stimmt ja wirklich.

Sie geht die Treppe hinauf in den ersten Stock, schließt die Tür auf - und freut sich, dass der AB blinkt!

„Na also, wenigstens habe ich Freunde.", denkt Silvia.

„Hier ist der Anrufbeantworter von Silvia Gabelmann. Nein, leider bin ich nicht da. Aber ich will unbedingt wissen, wer da angerufen hat, also sprecht bitte auf meinen AB." Piieep.

„Hallo Silvia, hier ist die Melanie. Ich habe eine

7

Überraschung für dich. Ruf mich doch auf dem Handy zurück, mehr verrate ich nicht. Tschüss!"

„Wow, Melanie ruft an. Von der habe ich schon lange nichts mehr gehört. Das ist jetzt genau die richtige Medizin gegen meine trüben Gedanken.", denkt Silvia.

Sie hat noch einen Rest Spaghetti mit Soße von gestern. Den macht sie sich warm, macht sich einen Salat dazu und gießt sich ein Glas Rotwein dazu ein. Nach dem Essen will sie Melanie anrufen.

2

Melanie war ihre beste Schulfreundin. Sie wohnt jetzt in Hamburg und sie verstehen sich super. Wenn Hamburg doch nicht so weit von Karlsruhe entfernt wäre! Melanie ist vor vier Jahren wegen ihrem Freund Bernd nach Hamburg gezogen und hat sich dort einen Job als Physiotherapeutin gesucht. Dann klappte es nicht mehr mit der Beziehung, die beiden trennten sich. Aber die Arbeit gefiel ihr sehr, das Arbeitsklima und die Bezahlung waren gut, und das hielt Melanie dann in Hamburg. Und ihr Meditationskreis, wo sie sich wohl fühlte. Melanie hat so einen Hang zur Esoterik.

Naja, es gibt ja Telefon und WhatsApp. Und ab und zu, so einmal im Jahr, hat sie Silvia besucht, wenn sie gerade bei ihrer Mutter in Karlsruhe war.Oder Silvia ist nach Hamburg gefahren. Aber in letzter Zeit war der Kontakt ein bisschen eingeschlafen. Das lag wohl teilweise auch daran, dass Melanie sich gar nicht gut mit Tim verstanden hat und meinte, dass er ein Schmarotzertyp wäre und Silvia ihn besser heute als morgen rausschmeißen sollte.

Silvia räumt ihr Geschirr in die Küche und kuschelt sich auf ihr blaues Sofa zwischen einige Kissen. Dann ruft sie Melanie an.

„Super, dass du gleich zurückrufst! Na, du willst wohl die

Überraschung wissen? Ja, ich habe mich ja einige Zeit nicht gemeldet, ich weiß. Ich wollte dich in Ruhe lassen, du hattest ja so viel mit Tim zu klären. Wie ist denn das ausgegangen?"

"Nicht gut. Genauer gesagt katastrophal. Er ist fremd gegangen und ich habe mich getrennt."

"Da kann ich dir nur gratulieren. Du weißt, dass er mir nicht sympathisch war und ich deshalb auch etwas Abstand gehalten habe."

"Ja, ja, ich weiß. Ich habe eine schlimme Zeit durchgemacht.
Darüber will ich aber jetzt nicht reden. Ich will lieber hören, welche Überraschung du hast."

"Tja. Also, stell dir vor: Ich wohne jetzt wieder in Karlsruhe."

"Nein!!!!!!!!! Das ist ja ... also das ist jetzt wirklich Spitze! Wie ist das so schnell gekommen?"

"Zuerst hatte meine Mutter einen leichten Schlaganfall. Das war um die Weihnachtszeit. Ich war gerade bei ihr und habe sofort den Notdienst gerufen. Das war ein Glück. Dadurch konnte ihr schnell geholfen werden. Nach dem Krankenhaus war sie in Reha und ich habe mir Sorgen gemacht, wie es weitergehen soll. Ich habe dann Bewerbungen geschrieben und hatte Glück - schon nach

ein paar Wochen, während Mama in der Reha war, hatte ich eine Stelle. Das ist mir nicht leicht gefallen, von der Praxis in Hamburg wegzugehen. Aber ich wollte meine Mutter nicht im Stich lassen."

„Das kann ich verstehen, Melanie. Und wie geht es ihr jetzt?"

„Stell dir vor, man merkt kaum noch etwas. Am Anfang konnte sie sich an viele Sachen nicht mehr erinnern. Aber nach der Reha war es schon besser und es bessert sich jetzt laufend. Trotzdem bin ich froh, dass ich für sie da sein kann. Ich wohne bei ihr und wenn es noch besser wird, will ich mir eine eigene Wohnung nehmen."

„Wow. Das freut mich aber. Ach, Melanie! Vielleicht können wir zusammen mal ausgehen oder so. Ich bin ja aus meinem Freundeskreis raus, weil das alles Pärchen sind und ich auch keine Lust darauf habe, Tim zu begegnen."

„Wir können was zusammen unternehmen, klar. Ich will morgen Nachmittag zu einem Seminar gehen. „Entspannung und Harmonie für Körper, Geist und Seele." Kommst du mit?"

„Hmmm. Das ist nicht gerade das, was ich im Sinn hatte. Ich dachte so mehr an ausgehen, Disco oder Kneipe. Ich weiß ja, dass du gern meditierst und auch in Hamburg immer gern bei deinem Meditationskreis warst. Aber ich?

Ich habe doch keine Ahnung, was da abgeht. Vielleicht ist es mir zu langweilig. Oder ..."

"Mensch, Silvia. Denk doch mal nach: Was würdest du am Samstagnachmittag zu Hause machen? Da bist du mit Einkaufen und Putzen fertig. Fernsehen? Facebook? Oder irgendjemanden anrufen, weil dir die Decke auf den Kopf fällt? Oder in irgendeine Kneipe gehen?."

"Da hast du ja schon recht. So ähnlich wäre es wohl."

"Weißt du, jetzt, wo du nicht mehr mit Tim zusammen bist, kann ich offener mit dir reden. Ich wollte mich da immer nicht so einmischen. Also, wenn du mit dir selbst im Reinen bist, wenn du dich selbst lieben kannst, dann findest du auch zu einer Beziehung, die wirklich zu dir passt. Wenn du aber Probleme hast, dich zu akzeptieren und dich mit dir selbst nicht wohl fühlst, wie kann jemand deine Persönlichkeit dann richtig wahrnehmen? Dich so lieben, wie du bist? Und in der Meditation lernst du dich selbst besser kennen und lieben."

"Meinst du?"

"Ja, Silvia. Außerdem verbringen wir beide dann Zeit zusammen, können hinterher noch etwas trinken gehen. Wir haben uns jetzt fast ein Jahr nicht gesehen."

"Wann ist denn das Seminar? Und wo?"

„Von 14 bis 18 Uhr. Etwas außerhalb der Stadt. Ich kann dich abholen. Es sind noch Plätze frei, gerade habe ich mit der Leiterin telefoniert. Ich kann die Adresse in meinen Navi eingeben, weil ich auch zum ersten Mal dahin fahre. Hoffentlich gefällt es mir dort so wie in Hamburg. Ich habe einfach im Internet nach so etwas gesucht und dann bin ich auf Birgit Benz gestoßen. Hast du vielleicht schon von ihr gehört?"

„Nein. Aber das will nichts heißen. Ich habe noch nie was mit Meditation oder so zu tun gehabt. Also, ich probiere es und komme mit. Ich freue mich so, dich wiederzusehen."

„Ich mich auch. Super."

Sie beenden das Gespräch. Silvia legt das Telefon auf den Tisch. Oje. Was habe ich getan?

Ingwertee statt Cocktails. Dingdong statt Popmusik. Das Publikum 55 plus. Eine Ökotante in wallenden Gewändern, die mir sagt, was ich falsch mache. Hilfe!

Alles nur, weil ich Melanie nicht enttäuschen will und nicht allein sein will. Mich selbst lieben? Nicht solange ich Pickel am Kinn habe, nicht mit Männern umgehen kann, mir die meiste Zeit keine passende Antwort einfällt, wenn jemand mich ärgert und solange ich abends wie ferngesteuert zum Kühlschrank laufe, um mir eine Belohnung zu suchen dafür, dass ich wieder einen Tag überlebt habe.

Ommm.

Da klingelt das Telefon wieder. Nochmal Melanie.

„ Du, ich habe mit der Seminarleiterin telefoniert. Alles klar. Du kannst mitkommen. Ich freu mich so, dich zu sehen. Was meinst du, können wir uns jetzt noch schnell treffen? Ich kenne ein kleines Lokal hier in der Nähe. "

„Ja, gern. Wo ist das denn? "

„Du weißt doch noch, wo meine Mutter wohnt. In der gleichen Straße an der Ecke in Richtung Stadt. Es heißt Bistro Duo. "

„Ok. Ich bin in einer halben Stunde da. "

„Komisch. Ich war doch gerade so müde!", denkt Silvia. „Fix und fertig. Und jetzt? Taufrisch. " Sie stürmt ins Bad und kümmert sich um ihr Aussehen. Ihre dunklen Locken, die nicht mehr so gut sitzen, werden frisch hochgesteckt. Die Augen schön betont, ein Lippenstift rundet das Bild ab. Orientalische Ohrringe, eine romantische Bluse, die Jeans lasse ich an, denkt Silvia. Ich will mir nicht overdressed vorkommen.

Silvia findet das Duo und auch einen Parkplatz. Das Lokal ist nicht groß, und auch sonst nichts Besonderes. Alte Gegenstände vom Flohmarkt hängen an den Wänden und stehen auf Tischen. Kaffemühlen, Bügeleisen, alte

Fotos von Karlsruhe. Das bewirkt aber doch, dass man das Gefühl hat, daheim zu sein, mit Sachen von der Oma oder Tante. Die Musik dagegen ist natürlich neu. Sie läuft gedämpft im Hintergrund.

Die beiden Freundinnen umarmen sich. Silvia erzählt von ihrer Arbeit in der Praxis, vom Ende ihrer Beziehung. Vom Gefühlschaos. Von der neuen Erfahrung des Alleinseins. Melanie erzählt von ihrer Mutter, vom Abschied bei ihrer Arbeitsstelle, wie die Kollegen ihr eine Überraschungsparty organisiert haben.

„Und hast du einen neuen Freund?", will Silvia wissen.

„Nein, ich bin auch zur Zeit single. Ich habe zwar einige Dates gehabt, aber ..."

„Erzähl doch."

„Also, ich habe einiges ausprobiert. Dating-Platformen. Ich habe mich mit ein paar Typen getroffen. Habe aber festgestellt: Dafür habe ich nicht die Nerven. Du triffst jemanden, weil du denkst, ihr passt zusammen. Dann merkst du, er sieht längst nicht so gut aus wie auf dem Foto. Und er erzählt dir die ganze Zeit etwas über Fußball oder seine Exfreundin. Oder er spricht von seiner Arbeit, wie er alles so perfekt managt. Und du hast keine Möglichkeit zu überprüfen, ob das wirklich so ist. Ich finde die Situation unangenehm. Also, für diese ganze Geschichte bin ich zu sensibel, glaube ich."

„Da habe ich noch nichts ausprobiert. Wie funktioniert das denn?"

Melanie holt ihr Smartphone aus ihrer Tasche.

„Gut ist daran, dass du schauen kannst, wie du optisch bei Männern so ankommst. Wie viele sich für dich interessieren. Unverbindlich. Wenn du nicht willst, musst du ja keinen treffen."

„Zeig mal."

Melanie gibt Silvias Daten ein, sucht ein schönes Foto aus, das sie noch auf dem Handy hat. Egal, dass es schon vier Jahre alt ist, Silvia ist jetzt noch genauso hübsch wie damals.

Sie schauen sich - nur so zum Spaß - Männer an. Wer einem sympathisch ist, wird nach rechts gewischt. Nach kurzer Zeit melden sich einige, die auch Interesse signalisieren. Chatten?

„Im Moment nicht. Jetzt bin ich ja mit dir zusammen, Melanie. Ich wollte nur mal wissen, wie das funktioniert. Wir erzählen noch ein bisschen."

Es ist ja schon schön zu sehen, dass sich gutaussehende junge Männer melden und Interesse zeigen.

Der Abend vergeht wie im Flug. Mit Melanie kann man

gut reden. Kein Stress, kein Ärger. Keine Krisen. Erinnerungen an alte Zeiten, Pläne für neue. Um halb zwölf kommt Silvia nach Hause.

3

Es ist zwanzig vor zwei. Birgit Benz hat den Seminarraum vorbereitet und da kommen auch schon die ersten Teilnehmer.

„Wir sind ein bisschen früh da.", erklärt Melanie. „Wir wussten nicht, ob wir das so schnell finden."

„Herzlich willkommen!", strahlt Birgit die beiden an. „Das ist völlig in Ordnung. Wir haben hier eine kleine Sitzecke, wo sich die Teilnehmer erst mal kennen lernen und plaudern können."

Silvia hat einen verwunderten Gesichtsausdruck. Birgit sieht nicht so aus, wie sie es sich vorgestellt hat. Sie hat kurze, braune Haare und eine sportliche Figur. Sie trägt Jeans und ein Shirt in einem warmen Orange.

Der Seminarraum ist eine alte Scheune, die in freundlichen Farben gestaltet ist.

„Hier sieht es ja toll aus!", meint Silvia.

Birgit erklärt: „ Meine Eltern haben mir diese ehemalige Scheune zur Verfügung gestellt, um Seminare abzuhalten. Nebenan ist noch ein Behandlungsraum für Einzeltherapie. Ich habe mich vor drei Jahren selbständig gemacht. "

Der Raum hat eine hohe Decke, wie das eben bei einer alten Scheune so ist. Dadurch entsteht ein Gefühl von Weite. Und dann die Farben! Da gibt es Blau-, Grün und Türkistöne, die schön mit Grau- und Erdtönen harmonieren. Gelb, Orange und Rot sieht man auf kleineren Flächen, auf Gegenstände oder Stoffen. Teilweise sind die Wände gestrichen, teilweise mit Textilien behängt. Einige Objekte sind aus Metall, andere aus Holz oder Ton. Da sind Gebrauchsgegenstände, Instrumente, wenige Bilder, einige orientalische Lampen.

„Das habe ich selbst eingerichtet. " , sagt Birgit. „Die Objekte habe ich teilweise von Reisen mitgebracht. "

„Wow! ", sagt Silvia. Und damit meint sie nicht nur die Einrichtung. Birgit selbst beeindruckt sie auch sehr. Sie sieht so „normal " aus, dass sie eher gedacht hätte, sie wäre Frisörin oder Reisekauffrau als Meditationslehrerin. Nur die Augen und die Stimme strahlen etwas Besonderes aus.

Auf einer Seite stehen ein Rattansofa, zwei Sessel und einige Stühle. Eine Kanne mit Ingwertee und einige Schalen stehen auf dem Couchtisch.

„Bedient euch! ", meint Birgit. „Wir duzen uns hier, ich hoffe, das ist euch auch recht. "

19

„Ja, klar.", murmeln Silvia und Melanie gleichzeitig.

Sie schenken sich Tee ein und betrachten nochmal den Raum. Da kommen auch schon weitere Personen. Frauen, Männer, Jüngere, Ältere. Sie stellen sich kurz mit dem Vornamen vor und beginnen dann zu plaudern über alle möglichen Dinge, die Silvia fremd vorkommen. Sie kann sich noch keine Namen merken, sie ist noch damit beschäftigt, sich in den Räumlichkeiten und der Situation zurechtzufinden. Sie merkt nur, dass es dominante, ängstliche, lustige, flotte, gesprächige, freundliche und schweigsame Personen gibt, so wie auch anderswo.

Eines Tages schaffe ich es, mir die Namen von neuen Personen sofort zu merken, einige passende Sätze zu sagen, aber nicht heute. Ich fühle mich überfordert. Gut, dass Melanie dabei ist.

„Liebe Seminarteilnehmer und -teilnehmerinnen, herzlich willkommen hier in meiner Scheune. Ihr seid an diesem Samstagmittag gekommen, um etwas über Meditation zu erfahren. Es sind viele dabei, die zum ersten Mal bei mir sind. Deshalb sage ich zuerst mal etwas zu meiner Person. Ich bin Birgit Benz, 42, ich bin verheiratet und habe zwei Kinder. Zur Meditation bin ich selbst gekommen, weil ich mich in meinem früheren Beruf als Bürokauffrau nicht wohlgefühlt habe. Ich habe nach einer Tätigkeit gesucht, wo ich mehr Freude an der Arbeit habe und diesen Beruf habe ich auch gefunden. Menschen die Meditation zu erklären und mit ihnen zu üben ist nun

meine Aufgabe. "

Sie lächelt die Teilnehmer an und diese sind gespannt auf das Kommende.

„Was ist nun eigentlich Meditation? Was macht Meditation mit uns, wie wirkt sie? Wie wird sie angewendet? Woher kommen diese Methoden und wie passen sie in unser heutiges Leben?

Das sind nun zuerst die Fragen, die uns bewegen. Danach werde ich erklären, welche Arten von Meditation es gibt und einige ausgewählte Methoden wollen wir zusammen anwenden. Möchtet ihr eine Atemmeditation, eine Klangschalen- oder eine visuelle Meditation machen? Das wollen wir dann gemeinsam entscheiden. "

Birgit erklärt und Silvia denkt:" Oh. Da gibt es ja gar nichts Geheimnisvolles. Und wissenschaftlich bewiesen sind diese Methoden auch. Davon hatte ich keine Ahnung. "

Der Nachmittag verläuft spannend und entspannend zugleich. Es ist spannend, das alles zu lernen und zu erfahren und die anderen Teilnehmer kennenzulernen, und entspannend, die Meditationen mitzumachen. Der erste Eindruck von Birgit und ihrem Programm, da sind sich Melanie und Silvia einig, ist sehr positiv.

Auf dem Heimweg meint Melanie: „Also ich gehe in die

regelmäßige Meditationsgruppe. Die scheinen alle ganz ok zu sein und besonders Birgit hat mir gut gefallen. Sie ist anders als die Lehrerin in Hamburg, jünger und sie kleidet sich anders. Aber sie gefällt mir. Ich fühle mich wohl bei ihr. Ihr Fachwissen ist umfangreich, ich glaube, ich kann da viel lernen. Machst du auch mit?"

„Ich glaube schon.", meint Silvia. „Auch ich habe ein gutes Gefühl bei der Sache. Mir hat es besser gefallen als ich erwartet habe. Und wir sehen uns dann regelmäßig, das ist auch schön. Wann ist die Gruppe?"

„Mittwochs abends um 19 Uhr. Das passt mir gut. Soll ich bei Birgit anrufen und uns beide anmelden? Oder willst du selbst anrufen?"

„Ruf du an. Das geht klar."

4

Der Anfang der Woche verläuft ganz gut in der Praxis. Immerhin hat Silvia die Aussicht, dass die Arbeitswoche durch einen netten Abend am Mittwoch unterbrochen wird.

Am Dienstag hat Herr Becker wieder einen Termin. Er strahlt Silvia an. „Na, wie geht's? Macht die Arbeit Spaß?"

„Ja, schon.", sagt Silvia. Sie kann ja dem Patienten nicht auf die Nase binden, dass sie eben auf die Uhr gesehen und gedacht hat: „Gott sei Dank schon 16 Uhr."

„Besonders, wenn ich da bin, stimmt's?", grinst Thomas Becker sie an.

„Oh Mann!", denkt Silvia. „Ist der eingebildet."

Sie sagt: „Nein, weil das Wetter so schön ist. Und weil es Frühling ist." Sie fühlt sich schon wieder unsicher.

Da ruft Dr. Baumann gerade: „Herr Becker, ich möchte Sie noch mal sprechen."

„Schade.", murmelt er Silvia zu. Und sie denkt: „Gut. Gerettet." Aber wovor? Vor ihrer eigenen Unsicherheit.

Als er später wieder aus dem Sprechzimmer kommt, ist Silvia gerade im Labor. Gut so.

Am Mittwoch freut sie sich schon den ganzen Nachmittag auf den Abend. Es ist wohl gut, wenn man als Single Kurse besucht, da fühlt man sich nicht so allein. Egal, für was für einen Kurs man sich entscheidet, da ist eine Gruppe von Menschen und es können sich Freundschaften entwickeln.

10 Minuten vor Beginn kommt Silvia in die Scheue. Einige sitzen schon in der Sofaecke und quatschen. Melanie ist auch schon da und redet mit einer etwas älteren Frau.

„Meditation ist nicht überall gut. Wer weiß, was du in Hamburg für eine Lehrerin hattest. So gut wie Birgit ist sie bestimmt nicht.“ So plustert sie sich auf. Was für eine Frechheit!

Melanie nimmt es gelassen.

„Mir hat es dort immer gut gefallen, und vielen anderen auch. Das ist übrigens meine Freundin Silvia. Silvia, das ist Irma.“

„Hallo, Silvia. Na, dann tu dir auch mal was Gutes.“, meint Irma, irgendwie herablassend. Wie ärgerlich. So eine komische Tante.

Gegenüber sitzen einige Männer, die sich jetzt auch

vorstellen.

„Ich bin Jan.", sagt ein Mann, der etwa so alt sein könnte wie Silvia. „Und das sind Ralf und Horst." Er deutet auf die Männer neben ihm.

„Warst du schon mal meditieren?", fragt Horst. „Also ich komme schon seit drei Jahren, so lange hat Birgit erst die Meditationsgruppe. Ich war von Anfang an dabei. Wenn du also etwas nicht weißt, kannst du einfach mich fragen. Früher war ich ein schwieriger Mensch, weißt du, das kann man sich heute nicht mehr vorstellen, ja, ich war ganz und gar schwierig. Das ist jetzt alles besser geworden durch die Meditation. Also ihr werdet sehen, da kommt noch vieles auf euch zu. Meine Frau hat auch gesagt, Horst, hat sie gesagt ..."

„Hilfe! Das sind ja mehr Informationen als ich benötige.", denkt Silvia. Sie ist froh, dass nun Birgit hereinkommt und die Gespräche verstummen.

„Hallo, ihr Lieben!", grüßt sie. „Freut mich, dass wir schon vollzählig sind, dann fangen wir gleich an."

„Enno, kannst du bitte die Matten und Decken austeilen. Danke."

Enno ist schätzungsweise Mitte 30, hat kurze, blonde Haare und sieht sportlich aus. Er gibt jedem Teilnehmer und jeder Teilnehmerin eine Matte, auf der sie zunächst *einmal sitzen, und eine Decke. Er scheint schon länger in der Gruppe zu sein, kennt sich aus. Auch Silvia bekommt die Utensilien. Dabei bemerkt sie seine grünen, freundlich blitzenden Augen. Sie lächeln sich an. Neben ihr ist noch ein Platz und er breitet seine eigene Matte dort aus.*

„Wir machen heute eine Klangschalen-Meditation. Die Klangschalen waren früher einmal metallenes Essgeschirr. Bis jemand auf die Idee kam, dass der Klang, wenn man sie anschlägt, lange nachhallt und sich gut für Meditation eignet.

Ich habe hier verschiedene Klangschalen, kleinere und größere, verschiedene Metalllegierungen, unterschiedliche Klänge.

Und das hier ist eine Kristallharfe. Auch sie ist ein Klanginstrument, das tief in uns wirkt und uns mit ihren Schwingungen in eine Tiefenentspannung bringt. Lasst euch einfach in die Klänge hineinfallen. Wenn Gedanken auftauchen, nehmt sie wahr und lasst sie weiterziehen, ohne sie zu bewerten. Wenn ihr die Kristallharfe hört, ist die Meditation zu Ende. Ihr könnt dann langsam wieder erwachen, und zum Hier und Jetzt zurückkehren."

Silvia liegt erwartungsvoll da und auch alle anderen haben sich auf den Matten ausgestreckt. Enno auf der einen Seite, Melanie auf der anderen. Die dünnen Decken sind auf den Beinen ganz angenehm.

Das Klangerlebnis beginnt. Silvia hat das Gefühl, dass die Töne in Wellen durch sie hindurch gehen. Ungewohnt. Noch eine Weile denkt sie darüber nach, was für Instrumente das wohl sind, wie viele Personen im Raum sind, dann denkt sie kurz an die Praxis, dann wieder an Melanies Mutter, dann an Enno, der neben ihr liegt. Ein netter Typ ist das, so ein Kumpeltyp. Mit dem kommt man gut aus. Nach einer Weile denkt sie gar nichts mehr. Die Klänge füllen sie ganz aus. Sie kommen unregelmäßig heran und fließen im Raum.

Irgendwann ertönt der Klang der Kristallharfe, den Birgit am Anfang vorgemacht hat. Aha. Aber will sie eigentlich schon zurück? Zu den anderen Leuten, zu ihrem Alltag, zu der noch unbekannten Gruppe? Silvia hört, wie einige sich bewegen, räuspern, leise sprechen. „Na, dann muss ich ja wohl.", denkt sie. Sie streckt sich.

„Wie war es für euch?", fragt Birgit. Einige erzählen von Gedanken, von Körperempfindungen, von Klangerlebnissen.

Silvia sagt nichts. Sie kann und will das Erlebte nicht in Worte fassen. Man kann ja auch das Wohlbefinden zerreden, oder?

Horst und auch Irma erzählen, dass sie außerordentliche Empfindungen hatten, irgendwie angeberisch. Elke, eine etwas korpulente Frau, meint, es war wie eine Dusche in Klängen. Keine schlechte Idee.

Gisela, schätzungsweise Mitte 50, sagt: „Die Töne haben Schwingungen und es tat gut, sie im Körper zu spüren und durch den Körper fließen zu lassen. "

So hat Silvia es auch empfunden. Kerstin, eine ganz junge blonde Frau, meint, sie hatte Schwierigkeiten, so lange still zu liegen, sie hätte die ganze Zeit an ihre Arbeit gedacht, an die Häuser, die sie morgen als Maklerin den Kunden zeigen soll.

„Gut gemischt, die Gruppe. " , denkt Silvia. „Aber die haben ja alle das gleiche Recht, hier zu sein, wie ich. Jeder und jede ist anders. Für mich war es gut. Enno hat eigentlich noch nichts gesagt. " Sie schaut nach rechts, in die grünen Augen. Er hat sie wohl schon eine Weile betrachtet.

„Und wie war es für dich? ", meint er. Sie sagt: „Für mich ist das alles noch neu. Ich kann mich noch nicht so gut ausdrücken. Aber es hat sich gut angefühlt. "

„So soll es sein. ", sagt Birgit. „Ich wünsche euch allen eine gute Woche.

Auch in der nächsten Woche ergibt es sich zufällig, dass Silvia neben Enno liegt. Zufällig? Naja. Nicht der Zufall, sondern Enno teilt die Matten aus. Silvia ist damit zufrieden, sie denkt: "Wenigstens nicht der geschwätzige Horst. "

Diesmal ist es Atemmeditation. Es ist etwas schwieriger als mit den Klängen. Der Atem ist so gleichförmig. Es ist nicht einfach, sich so lange darauf zu konzentrieren. Aber Silvia fühlt wieder die Energie, die durch sie fließt. Kraftvoll, und trotzdem voll entspannt.

5

In der Praxis erzählt Silvia ihren Kolleginnen von der Meditationsgruppe. Sie glaubt, dass viele Patienten davon profitieren könnten, wenn sie meditieren würden. Sie hat im Internet recherchiert und herausgefunden, dass die Wirkung von Meditation wissenschaftlich erforscht und bewiesen ist. Bei Krankheiten wie hoher Blutdruck, Diabetes, nach Operationen wirkt die Meditation zumindest stressreduzierend. Und auf jeden Fall stärkt sie die Selbstheilungskräfte des Körpers.

Dr. Baumann überhört einen Teil des Gesprächs und wettert: „Und was soll ich meinen Patienten sagen? Setzen Sie sich auf eine Matte und reden Sie eine Stunde nichts. Dann sind Sie wieder gesund. Was macht das denn für einen Sinn? Das ist ja unverantwortlich. Frau Gabelmann, privat können Sie ja machen, was Sie wollen. Von mir aus können Sie den Mond anbeten. Aber hier in der Praxis haben solche Spinnereien keinen Platz. Haben wir uns verstanden?"

Widerwillig sagt Silvia: „Ja." Aber innerlich ist sie wütend. Geht es hier um das Wohl der Patienten oder um den Geldbeutel des Arztes? Viele Krankheiten sind heutzutage stressbedingt. Das ist doch bekannt. Und was machen die Leute gegen Stress? Tabletten schlucken, die dann als Nebenwirkung wieder eine andere Krankheit hervorrufen? Das kann doch nicht richtig sein.

Silvia kocht innerlich. Doch sie geht zur Toilette und versucht, sich zu beruhigen.

Vielleicht sollte sie mal mit Birgit darüber sprechen.

Zu Hause lässt ihr das Thema keine Ruhe. Schließlich kann sie nicht anders, sie ruft Birgit an.

„Entschuldige, dass ich dich störe, aber ich habe mich heute in der Praxis so über meinen Chef aufgeregt. Kann ich vielleicht kurz mit dir sprechen?"

„Du hast Glück, Silvia. Mein Mann ist heute dran, die Kinder ins Bett zu bringen. Ich habe Zeit. Worüber hast du dich aufgeregt?"

„Ich habe an meinem Arbeitsplatz, einer Arztpraxis, von der Meditation erzählt und dass es eine gute Methode ist, Stress loszuwerden. Viele Menschen leiden unter Stress und auch viele Krankheiten entstehen daraus. Warum kann denn ein Arzt nicht einsehen, dass Patienten auch von Meditation profitieren können?"

„ Ich freue mich, dass der Kurs dich so überzeugt hat, Silvia. Das ist schön. Aber andere Menschen müssen für sich entscheiden, was sie davon halten. Auch dein Chef. Vermutlich weiß er ja gar nicht, worüber er genau redet. Vor allem: Wenn du dich aufregst, fügst du dir selbst

wieder Stress zu. Ist es das wert?", gibt Birgit ihr zu bedenken.

Das hat Silvia nicht erwartet. Einen Moment denkt sie nach. Dann meint sie: „Naja. Wenn du meinst. Wie soll ich mich dann in der Praxis verhalten?"

„Ganz normal. Du hast bestimmte Aufgaben bei deiner Arbeit. Patientendaten erfassen, Rezepte ausdrucken, Spritzen geben oder so. Diese Aufgaben erfüllst du. Alles andere ist nicht deine Sache. Wenn es deine Praxis ist, kannst du über die Methoden entscheiden. Aber es ist die Praxis von deinem Chef. Also muss er das entscheiden."

Nachdenklich bedankt sich Silvia für das Gespräch und verabschiedet sich. Ist das wirklich so einfach? Kann man das lernen, nur für sich zu entscheiden?

Kaum hat sie aufgelegt, klingelt das Telefon wieder. Hat Birgit noch etwas zu sagen? Erfreut nimmt sie ab und meldet sich mit ihrer sanftesten Stimme: „Gabelmann."

„Ah, Silvia. Wie schön, dass ich dich erreiche. Hier ist Tim. Dir geht es gut, glaube ich. Du klingst so entspannt."

Schock. Tim, der Exfreund. Der, von dem Silvia nie wieder etwas hören wollte. Für eine Weile kann sie nicht sprechen.

„Silvia?"

„Ich habe doch gesagt, du sollst mich nicht anrufen."

„Ja, ich weiß. Aber ich denke gerade an dich. Du fehlst mir so. Ich bin ja jetzt solo. Mit Christa hat es nicht geklappt. Ich vermisse dich. Vielleicht ist es ja bei dir das Gleiche? Vielleicht vermisst du mich auch?"

Ganz sicher nicht. Sie vermisst vielleicht die körperliche Nähe. Es gab ja auch schöne Momente zwischen ihnen. Aber in der Verbindung mit Alkoholexzessen und Fremdgehen ist ihr der Preis zu hoch. Sie legt auf. Als es wieder klingelt, nimmt sie nicht ab. Soll er doch anrufen, sie hat keinen Bock auf ihn.

Bei der nächsten Meditation, als sie noch auf dem Sofa sitzen und plaudern, schaut Enno sie fragend an.

„Wir haben doch eine Telefonliste von der Gruppe gekriegt.", sagt er zögernd.

„Ja, und?"

Er hält ihr die Liste hin und meint: „Kannst du mal nachsehen, ob deine Nummer stimmt? Ich habe x-mal angerufen. Aber niemand ist drangegangen, nicht mal der AB."

„Oh, nein!" Silvia erklärt ihm die Geschichte mit ihrem Exfreund und dass sie den AB ausgeschaltet hat. Und die ganze Woche nicht das Telefon abgenommen hat.

„Er ist fremdgegangen? Meine Exfrau auch.", meint Enno. „Da haben wir doch etwas gemeinsam. Gehen wir nach der Meditation noch was trinken? Dann können wir uns mal über unsere Ex-Geschichten austauschen."

Silvia überlegt. „Aber nicht so lange, ich muss früh raus."

Die Meditation ist diesmal eine visuelle Meditation. Birgit spricht in symbolischen Bildern über Landschaften, die innere Landschaften darstellen. Bäume, Wege, Berge, die Sonne, das hat alles symbolische Bedeutung. Diesmal hat wirklich jeder etwas anderes erlebt und gesehen. Interessant. Jeder und jede will seine Erfahrungen mitteilen und erzählen.

„Ich will aber auch gern noch wissen, was Enno mit seiner Ex erlebt hat.", denkt Silvia. Die beiden schauen sich an. Gleichzeitig stehen sie auf und Enno sagt: „Wir müssen leider schon gehen. Haben noch einen Termin. Bis nächste Woche."

Melanie schaut ganz überrascht. Birgit meint: „Ja, natürlich. Wir haben heute überzogen."

Enno kennt ein kleines Lokal, das zwar belebt ist, aber nicht so laut, dass man sich nicht mehr unterhalten könnte. Es ist eine Pizzaria und hat kleine, abgeteilte Ecken. So können sie ungestört reden. Sie trinken etwas und Silvia erzählt die Geschichte, wie es in ihrer Beziehung war und dass sie sich lange Zeit viel zu viel hat gefallen lassen. „So könnte ich heute nicht mehr leben.", sagt sie entschlossen.

„Ich kann dich gut verstehen.", sagt Enno. „Ich war sogar verheiratet, war nie misstrauisch. Ich wäre nie auf die Idee gekommen, meiner Frau Vanessa nachzuspionieren. Es gab keinen Grund dafür, keine Anzeichen. Alles schien normal zu sein. Ab und zu musste sie angeblich mit ihrem Chef über ein langes Wochenende auf Geschäftsreisen. In Wirklichkeit hat sie sich mit einer Internetbekanntschaft getroffen."

„Oh Gott, wie schrecklich. Wie hast du das rausgefunden?"

„Normalerweise hat Vanessa ihr Handy nie rumliegen lassen. Und es war oft mit einem Passwort verschlüsselt. Eines Tages kam plötzlich ein Telefonanruf auf dem Festnetz, ihr Smartphone lag noch auf dem Tisch. Sie ging ins Schlafzimmer und telefonierte mit ihrer Freundin. Da hörte ich den WhatsApp-Ton und langte automatisch nach ihrem Handy. Ich habe gar nicht drüber nachgedacht, ob es meins oder ihres war. Du habe ich gelesen: Hallo, Schatz, das Wochenende mit dir war wie immer der Hammer. Ich kann es nicht erwarten bis zur nächsten **Geschäftsreise**."

„Das ist krass. Was hast du dann gemacht?"

„Ich war im Schock, wie gelähmt. Ich saß bestimmt zehn

Minuten einfach auf dem Sofa, bis Vanessa zurückkam. Sie hat aber sofort gesehen, was los war. Ich habe ihr die Nachricht in die Hand gedrückt und gesagt: Und wann wolltest du mir das sagen?

Wir hatten einen großen Krach und am nächsten Tag zog sie aus. Zu ihm."

„Was für ein Schock für dich. Bei mir ging es ja über lange Zeit, immer wieder Versprechungen, immer wieder keine Arbeit, immer wieder der Verdacht, dass er nicht treu ist. Ich habe ihm zwei oder drei neue Chancen gegeben. Ich war wohl zu verliebt in ihn. Aber so ein Knall von heute auf morgen, wie hast du das verkraftet?"

„Zuerst schlecht. Ich konnte nicht mehr gut schlafen, war bei der Arbeit unkonzentriert. Ich musste mir in der Firma Urlaub nehmen, weil ich das nicht schnell genug verarbeiten konnte. Da hat mir jemand von Birgit erzählt. Ich hatte bei ihr Einzeltherapie, das hat mir sehr geholfen. Sie hat mir beigebracht, dass man nur für sich selbst verantwortlich ist und der andere ist für sich verantwortlich. Was Vanessa getan hat, muss sie allein verantworten. Ich bin für mein Leben da."

„Ich weiß nicht. Träumt nicht jeder davon, dass man sich auf jemanden verlassen kann? Ist es nicht das Ziel, dass man zusammen glücklich wird?"

„Ja, und nein. Es ist schön, wenn man jemanden findet, der gut zu einem passt und mit dem man glücklich ist.

Aber mein Glück darf ich nicht von anderen abhängig machen. Ich kann glücklich sein, ob mit Partner oder ohne. Ich bin jetzt ein glücklicher Mensch. "

Silvia schaute Enno an. So ein gutaussehender Mann. Er könnte mir gefallen. Schade, dass er so denkt. Allein oder zusammen sollte doch einen Unterschied machen. Jeder Mensch sehnt sich doch nach einer erfüllenden Beziehung, oder nicht?

Auf der anderen Seite ist es natürlich gut für ihn, so zu denken. Er kann wieder arbeiten, wieder lachen, ...

Unwillkürlich legt sie ihre Hand wie schützend auf seine, fühlt die Wärme und ein Prickeln auf der Haut. Zieht sie dann aber gleich wieder zurück. Er hat ja gerade gesagt, dass es ihm gut geht. Allein.

6

*Am nächsten Mittwoch kommt Silvia etwas früher.
Vielleicht kann sie ja noch mit Enno reden, bevor es
losgeht. Auch einen guten Freund könnte sie doch gut
gebrauchen. Sie könnte einfach nur mit ihm reden,
Vertrautheit spüren wie letzte Woche in der Pizzaria.*

*Aber da hat sie Pech. Er ist gerade im Gespräch mit
Melanie. Die beiden tuscheln geradezu. Silvia ist
überrascht von ihrer eigenen Reaktion. Sie ärgert sich und
denkt: „Was haben die zu tuscheln? Reden die über mich?
Warum ärgert mich das?" Sie ist verwirrt, versteht sich
selbst nicht mehr.*

*Da kommt Birgit herein und verteilt einen Flyer. Sie bietet
ein Seminar an, es heißt: Entspannungstechniken im
Alltag.*

*„Ihr kommt ja jede Woche zur Meditation. Das tut euch
gut und ihr lernt da viele verschiedene Techniken kennen.
Nun gibt es aber auch Möglichkeiten, wie man im Alltag
noch etwas für sich tun kann. Zum Beispiel jemand hat
etwas Negatives erlebt und kann nicht einschlafen. Oder
es gibt Ärger im Büro und man würde am liebsten alles
hinschmeißen. Klar, man kann auch die Arbeit wechseln,
aber das ist nicht immer möglich. Wie kann ich mich dann
innerlich abgrenzen, so dass ich immer noch meine Arbeit*

machen kann? Für diese und viele andere Situationen gibt es Techniken und Möglichkeiten, die man anwenden kann. Das Seminar ist am Sonntag von 10 bis 16 Uhr."

Wieder teilt Enno die Matten aus, wieder legt er seine Matte neben Silvia. Das ist ja schon ein Ritual. Wieder blicken seine grünen Augen sie aus nächster Nähe an.

„Heute machen wir einen Body Scan. Wir lassen unsere Aufmerksamkeit durch den ganzen Körper wandern. Wenn das Bewusstsein in unserem Körper verankert ist, wirken wir der Betonung des Verstandes, die in unserer heutigen Zeit verbreitet ist, entgegen. Wir sind dann weniger „verkopft", wie man so schön sagt.

Wir liegen entspannt auf der Matte und beginnen mit dem rechten großen Zeh. Fühlt euch in den Zeh ein und bleibt einige Atemzüge lang dort. Geht dann weiter zu den anderen Zehen ..."

Zuerst findet Silvia es schwierig, die einzelnen Körperteile so langsam wahrzunehmen, keine Teile zu überspringen. Das erfordert viel Geduld. Mit der Zeit beginnt sie, in Gedanken abzudriften, aber sie weiß, dass das in Ordnung ist. Gedanken kommen und gehen. Ich lasse sie ziehen wie Wolken am Himmel ...

„Zuletzt nehmen wir noch einmal den Körper als Ganzes wahr. Wir fühlen uns in unserem Körper wohl und zu Hause."

„Oh, ", denkt Silvia, „Sollte ich geschlafen haben? Naja, auch das ist nicht schlimm, Birgit hat gesagt, die Meditation tut trotzdem gut. Auch im Schlaf kann man etwas aufnehmen. "

Beim nachfolgenden Gespräch stellt sich heraus, dass einige andere auch abgedriftet sind. Der Body-Scan erfordert einige Übung und er wird auch noch öfter geübt werden. Aber Silvia hat das Gefühl, dass sie schon in ihrem Körper angekommen ist, sich nicht mehr so angespannt fühlt wie vorher. Sie hat durchaus Lust, das noch öfter zu machen.

„Das bringt mich zum Thema Seminar. Da werden wir einige Mini-Meditationen lernen, die man gut in den Alltag einbauen kann. Es ist gut, jeden Morgen zu meditieren, aber das schafft nicht jeder. Oft genügt eine Vorstellung oder ein Bild, um wieder zu sich zu kommen. Oder eine kleine Meditation von fünf Minuten. "

„Das wäre was für mich. ", meint Kerstin. „Ich habe ja immer Probleme, mich für so lange Zeit zu konzentrieren. Vielleicht fange ich erst mal mit kürzeren Übungen an. Ich melde mich an. "

„Ich auch. ", sagt Jan. „In meinem Beruf als Sozialpädagoge komme ich manchmal innerlich an meine Grenzen. Ich habe dann Schwierigkeiten, zu verarbeiten, was mir die Menschen so alles erzählen. Da wäre eine Mini-Meditation in der Pause perfekt. "

„Mini oder maxi, bei mir hilft das nicht.", brummt Ralf in einem leicht aggressiven Ton. „Mir geht die Geduld schnell aus."

Hanna, die sehr schüchtern ist und nicht oft etwas sagt, meldet sich zu Wort. „Ich glaube, das könnte was für mich sein. Ich kann in meinem Alltag jede Hilfe gebrauchen."

Melanie sagt: „Ich würde gern mitmachen, muss aber noch abklären, ob das mit meiner Mutter geht. Machst du auch mit, Silvia?"

„Ich denke schon. Es gibt Situationen, die mich in der Praxis auf die Palme bringen. Und es gibt Momente, in denen ich mich zu Hause allein fühle. Zur Zeit behandle ich diese Probleme nur mit Schokolade. Meditation hat weniger Kalorien."

Die anderen lachen, geben Silvia aber recht.

Auf dem Weg nach draußen spricht Jan sie an. „Mach das Seminar mit, ich würde mich freuen. Das Seminar ist in einem landschaftlich schönen Ort organisiert. Es ist wie Mini-Urlaub."

Silvia blickt ihn erstaunt an. Jan möchte, dass sie dabei ist? Das ist neu. Sie freut sich darüber. Er ist doch ein netter Typ, hat einen interessanten Beruf und sicher viel zu erzählen. Sie könnten sich austauschen...

„Ich habe sowieso vor, mich anzumelden.", sagt sie.

„Super. Hast du noch Lust, mit mir was trinken zu gehen?"

„Naja. Also, lange kann ich nicht bleiben. Morgen früh klingelt der Wecker."

„Ja, klar. Bei mir doch auch. Um elf bist du spätestens zu Hause.", meint Jan.

Silvia schaut ihn an. Das ging aber jetzt schnell. Will er mit ihr über die Meditation und das Seminar reden? Oder zeigt das jetzt Interesse an ihr? Oder hat er noch keine Lust, in eine leere Wohnung zu gehen, so wie sie? Oder alles zusammen?

Er sieht nicht schlecht aus. Dunkelbraune, lange Haare, zu einem Pferdeschwanz zusammengebunden, schmales Gesicht, eng zusammenliegende Augen, relativ lange Nase. Seine Kleidung wirkt ein bisschen, naja, nicht so gepflegt. Die Hose ist weit und schlabberig, in den Hosentaschen scheint er viele Utensilien mit sich herumzutragen, denn sie sehen ausgebeult aus.

Sie gehen in dasselbe kleine Lokal wie bei ihrem Abend mit Enno, in der Nähe von Birgits Scheune. Sie bestellen etwas zu trinken. Jan wirkt etwas unsicher. Er schaut Silvia immer an, sagt aber nichts. Warum?

„Was ist los mit dir?"

„Nichts. Was machst du so beruflich?"

„Ich arbeite als Arzthelferin. In der Stadt bei Dr. Baumann. Kennst du den?"

„Nein. Da war ich noch nicht. Wie ist er denn so als Arzt?"

„Nicht schlecht. Ich hatte aber letzte Woche eine Diskussion mit ihm über alternative Heilmethoden. Er hat mitgekriegt, dass ich meditiere. Und dass ich denke, viele Patienten könnten auch von Meditation profitieren. Er hat mir verboten, in der Praxis davon zu sprechen."

„Die Ärzte sind selten für alternative Heilmethoden, da verdienen sie doch weniger."

„Ja, das habe ich auch gedacht. Und bei dir? Was machst du genau?"

„Ich mache Arbeitsamtkurse. Das entspricht gar nicht dem, was ich mir bei der Berufswahl vorgestellt hatte. Als ich Sozialpädagogik studiert habe, hatte ich die Vorstellung, einen sehr wichtigen und guten Beruf zu ergreifen, Menschen zu helfen, aber nun finde ich keine andere Stelle als mich um Langzeitarbeitslose zu kümmern, die vom Arbeitsamt zu Kursen verdonnert werden und die gar keine Lust auf meine Tipps haben. Sie

sind sehr schwer zu motivieren, wenn überhaupt."

„Das ist traurig, dass dir deine Arbeit nicht gefällt. Kannst du nicht selbst ein bisschen mehr Spannung reinbringen?"

„Nein. Da bewegt sich nichts. Ich bin nur frustriert."

Von nun an beherrscht Jans ungeliebte Arbeit das Gesprächsthema. Jan erzählt von Bestimmungen, die ihm das Leben schwer machen, von vergeblichen Versuchen, Menschen in Arbeit zu bringen.

Silvia denkt: „Deshalb kommt er in die Meditation. Um mit seinem Frust fertig zu werden." Sie ist enttäuscht von Jan. Er sollte doch wenigstens versuchen, seiner Arbeit etwas Gutes abzugewinnen. Sie macht Vorschläge, wie er seine Situation verbessern könnte, aber Jan winkt nur müde ab. Alle ihre Argumente kommen bei ihm nicht an.

„Wie lange machst du das schon?"

„Zwölf Jahre."

Er sagt das, als wären es 12 Jahre Zuchthaus.

„Und wie lange bist du schon in der Meditationsgruppe?"

„Zwei Jahre."

Silvia überlegt krampfhaft, was sie noch sagen könnte. Doch es fällt ihr nichts ein. Sie kommt sich vor wie in einer Sackgasse. Er muss wohl selbst eine Lösung für sein Dilemma finden.

„Du, ich bin doch sehr müde, Jan. Ich gehe nach Hause. "

Silvia gähnt und schaut auf die Uhr. Es ist erst halb zehn. Lieber möchte sie es sich zu Hause gemütlich machen, Musik hören und Schokolade essen.

7

Silvia freut sich gar nicht mehr so auf das Seminar wie vorher. Enno hat sich so intensiv mit Melanie unterhalten und sie kaum beachtet, das Gespräch mit Jan hat sie deprimiert. Aber das Thema „Entspannungstechniken im Alltag" interessiert sie wirklich und sie möchte trotzdem hingehen.

Sollen sie doch alle machen, was sie wollen. Es ist schon ein Fortschritt, wenn sie mit dem Alltag besser klar kommt. Bessere Antworten findet. Sich durchsetzt statt zu schweigen. Klare Verhältnisse schafft.

Sie hat das Gefühl, dass sie innerlich weiter gekommen ist. Egal, wie ihre Umwelt sich verhält, sie hat einen besseren inneren Stand.

Am Donnerstag Abend klingelt das Telefon und sie hat wieder Tim an der Strippe. Man kann ja nicht für immer das Klingeln des Telefons ignorieren. Das ist doch keine Lösung.

„Hallo, Silvia, Baby, wie geht's denn so?"

Silvia überlegt. Was sage ich jetzt, um ihn abzuschrecken? Wie kann ich die Situation besser meistern als sonst? Was kann ich ändern? Wie kann ich ihm signalisieren, dass ich nicht mehr ängstlich davonlaufe wie ein Kaninchen vor der Schlange?

Sie sagt, langsam und deutlich: „Du kannst mich ruhig anrufen und so tun, als wäre zwischen uns noch Freundschaft oder mehr. Aber von meiner Seite ist das nicht so. Ich habe mit allem abgeschlossen, was mit dir zu tun hat, Tim. Ich liebe dich nicht mehr und ich will auch keine Freundschaft mit dir. Hast du das verstanden?"

Eine Weile ist es ruhig am anderen Ende der Leitung. Das waren ruhige, klare und deutliche Worte. Kein ängstliches Ausweichen. Keine Opferhaltung. Silvia hat eine klare Stellung bezogen. Mit fester, sicherer Stimme. Sie fühlt sich gut.

„Wenn du meinst ...", stammelt Tim. Ihm fällt spontan jetzt auch kein Spruch mehr ein. Er legt auf.

„So einfach ist das?", denkt Silvia. Sie ist stolz auf sich.

Auch am nächsten Tag geht es weiter mit dem persönlichen Erfolg. In der Praxis ist wieder Thomas Becker. Zeit für eine weitere klare Ansage.

„Und haben Sie heute Zeit für mich?", zwinkert er ihr zu.

„Herr Becker, ich habe Zeit. Aber mein Interesse an Ihnen ist rein beruflich. Ich möchte nicht mit Ihnen ausgehen."

Er schaut verwundert. „Was? Da verpassen Sie aber viel."

Sie sieht ihn mit ruhigem Blick an. „Das kann sein. Trotzdem möchte ich nicht mit Ihnen ausgehen."

Die Welt ist doch so einfach. Man muss sich nur deutlich ausdrücken und sagen, was man will. Es ist ihr gelungen, in freundlichem Ton ein klares Nein auszusprechen.

„Tschüss und noch einen schönen Tag.", sagt Herr Becker. Ihm ist die klare Linie offensichtlich auch recht.

Jetzt freut sich Silvia doch auf das Seminar am Sonntag. Wenn das Leben dann so viel leichter wird? Dann ist es ja auch völlig egal, wie negativ Jan ist. Dann sagt sie einfach: Das ist mir jetzt aber alles zu negativ.

8

Am Sonntag früh strahlt die Sonne vom Himmel. Der Ort, wo das Seminar stattfindet, ist nicht sehr weit weg, nur etwa 20 Kilometer, aber doch weit genug, um ein bisschen Abstand vom eigenen Leben zu gewinnen. Melanie fährt und Silvia erzählt gerade von den beiden erfolgreichen Gesprächen.

„Super. Ich freue mich für dich, dass es dir jetzt leichter fällt, dich durchzusetzen. Dann fehlt nur noch der zweite Teil."

„Welcher zweite Teil?", wundert sich Silvia.

„Der erste Teil ist, dass du Personen und Dinge loswirst, die du nicht willst. Der zweite Teil ist, dass du nach dem greifst, was du willst."

In Gedanken versunken schweigt Silvia eine Weile. Sie fahren an einem kleinen Flüsschen entlang, das Tal steigt sanft an. Sie durchqueren einen Wald, das helle Grün erfreut die Augen. Es ist Frühling und die Natur zeigt sich wieder in ihrer Schönheit. Jan hatte recht, der Ort liegt mitten in der Natur, es ist wie Miniurlaub.

Dann sehen sie auch schon das Ortsschild des Seminarorts. Das Navi sagt: „Jetzt links abbiegen in die

Hauptstraße. Nach 200 Metern rechts abbiegen ... "

Das Hotel mit den Seminarräumen ist ein hübsches Fachwerkhaus, mit einem Restaurant und vielen Tischen und Sonnenschirmen draußen im Garten.

Direkt hinter dem Hotel beginnt der Wald. Man kann vom Seminarraum die Bäume vor den Fenstern sehen. Ein guter Ort für neue Eindrücke.

Es ist erst halb zehn. Noch Zeit für einen kleinen Spaziergang mit Melanie. Die erzählt von ihrer neuen Arbeitsstelle, den Kollegen, ihrer Mutter. Ein Kollege hat sie gefragt, ob sie mal mit ihm ausgeht. Sie weiß noch nicht, was sie will, die Sorge um ihre Mutter steht momentan noch an erster Stelle in ihren Gedanken.

„Lass dir Zeit.", meint Silvia. „ Ihr seid ja Kollegen. Ihr seid ja jeden Tag in Kontakt und es entwickelt sich etwas oder auch nicht. "

Als sie sich dann in dem großen, hellen Raum versammeln, beginnt Birgit: „Ich freue mich darüber, dass ihr gekommen seid. Ich begrüße euch zum Seminar: Entspannungstechniken im Alltag.

Einige von euch, die auch in der Meditationsgruppe sind, kennen sich bereits, andere haben sich auf Grund meiner Anzeige gemeldet und kennen noch niemanden hier. Deshalb beginnen wir mit einer kleinen

Vorstellungsrunde. Stellt euch bitte vor und sagt den anderen vielleicht auch, was euch im Moment beschäftigt und was ihr im Seminar lernen wollt."

Ein großer Stuhlkreis ist schnell gebildet und dann geht es los. Einige haben sich schon Gedanken gemacht und können sich gut ausdrücken, andere sind sich nicht wirklich im Klaren, was sie erreichen möchten.

"Ich bin Jan Feldmann, ich möchte gern lernen, wie man auch in Situationen, die nicht so angenehm sind, besser klar kommt."

"Guten Tag, mein Name ist Ralf Förster. Meine Frau wollte, dass ich hier teilnehme und ich weiß eigentlich nicht, was ich hier soll."

"Hallo, Leute, ich bin Elke Kraus. Ja, was will ich denn lernen? Ich will mit meiner Familie besser klarkommen, wenn das überhaupt geht. Die sind so chaotisch."

"Ich bin Kerstin Schulz, ich rege mich im Job oft tierisch auf. Mein Arzt hat gesagt, ich soll meditieren. Bisher klappt das noch nicht gut, ich kann schlecht abschalten."

"Ich bin Silvia Gabelmann. Ich gehe in die Meditationsgruppe und habe schon einiges gelernt. In die Richtung will ich weiter gehen und noch mehr lernen."

"Guten Tag, mein Name ist Horst Zimmer, ich bin 48

Jahre alt, verheiratet und habe drei Kinder. Ich gehe seit 3 Jahren schon in die Meditation und finde das toll. Sogar meine Frau sagt, dass ich weiter machen soll und noch mehr Seminare besuchten soll, weil mir das gut tut. ... "

„Und was willst du noch lernen, Horst?", fällt ihm Gisela Bald ins Wort.

„Vielleicht will ich lernen, nicht immer so viel zu reden.", gibt Horst zu.

„Ich bin Gisela Bald. Ich möchte lernen, in schwierigen Situationen schneller zu reagieren. Ich hätte dann die Gedanken schon parat und könnte das Richtige im richtigen Moment sagen oder tun."

„Ich bin Hanna Steinmetz. Ich weiß schon ungefähr, was ich lernen will, aber ich kann es nicht in Worte fassen."

„Ich bin Enno Schmitt. Mich beschäftigt zur Zeit, wie es in meinem Leben weitergehen soll und ich möchte lernen, mir darüber nicht so viele Sorgen zu machen."

„Mein Name ist Melanie Cornelius. Ich möchte mich in Karlsruhe, wo ich herstamme, wieder einleben und mir ein neues Leben aufbauen."

„Mein Name ist Irma Senger-Schwalb. Mich beschäftigt gerade, wie ich mit meinem Älterwerden umgehen kann. Ich möchte lernen, das Älterwerden zu akzeptieren."

Wow. So viele verschiedene Situationen und Erwartungen. Und schon viele Einsichten. Das kann ja interessant werden.

Birgit wird zu tun haben.

Sie stellt sich kurz für die Neuen vor und erklärt noch einmal das Programm. Von 10 bis 12 Uhr Seminar, eine Stunde Mittagspause mit Essen im Restaurant, von 13 bis 15 Uhr wieder Seminar, danach eine Kaffee- oder Teepause, dann die Schlussrunde.

„Nun möchte ich mit euch eine vertrauensbildende Übung machen, damit wir als Gruppe zusammenwachsen."

Sie verteilt Zettel, jeweils zwei Bilder sind gleich. Alle sollen aufstehen und den Partner mit dem gleichen Bild suchen. Ein Menschenknäuel entsteht und nach kurzer Zeit stehen je zwei Personen zusammen. Silvia hat eine Rose und findet in Enno den Partner mit dem gleichen Bild.

Sie schaut in die vertrauten, grünen Augen und lächelt leicht verlegen. Er schickt ein offenes Lächeln zurück. Birgit verteilt Augenbinden. Was wird denn das? Einer der Partner soll die Binde anlegen, der andere kontrolliert, ob er oder sie auch wirklich nichts sieht. Birgit ist froh, dass Enno sich als erster die Augen verbinden lässt.

„Nun führen wir unseren Partner herum. Der Partner, der

nichts sehen kann, muss sich ganz und gar auf den anderen verlassen."

Silvia nimmt Enno am Arm und achtet auf seine Schritte. Sie müssen anderen Paaren ausweichen, sich an den Wänden orientieren, aber an sich ist die Übung nicht schwer. Ein paar Mal muss Silvia ihn mit beiden Händen drehen und in die richtige Richtung schicken. Es fühlt sich gut an. Er geht vorsichtig, doch vertrauensvoll, und reagiert sofort auf jeden Druck ihrer Hände.

„Nun wird es ein bisschen schwieriger. Die Partnerpaare gehen nach draußen und fühlen verschiedene Oberflächen. Der Partner mit verbundenen Augen soll die Oberflächen erfühlen."

Enno fühlt Baumrinde, Hauswand, Zaun usw. Ohne Schwierigkeiten kann er alles erkennen. Ein paar Mal treffen sich ihre Hände beim Tasten und es knistert, als ob eine Art Elektrizität zwischen ihnen fließen würde. Dann werden sie wieder in den Raum gerufen.

„Nun tauschen die beiden Partner."

Enno nimmt die Augenbinde ab und strahlt Silvia an. „Das war toll.", sagt er begeistert. „Du kannst wunderbar führen. Mal sehen, ob du auch vertrauen kannst."

„Oje. Kann ich auch vertrauen?", denkt Silvia.

„Scheinbar nicht, denn mir klopft das Herz bis zum Hals. Ich bin völlig aufgeregt. Kein Wunder, nach allem, was ich mit Tim erlebt habe. Kann ich Enno vertrauen?"

„Ganz ruhig.", sagt Enno. Seine Stimme klingt klar und sicher.

„Wenn ich das kann, kannst du es auch."

Innere Ruhe breitet sich in Silvia aus. „Ich mag seine Stimme.", denkt sie. „Sie beruhigt mich. Ich mag seine Arme und Hände, wenn er mich führt. Ich empfinde Vertrauen."

Im Raum geht es bei allen sehr gut. Keine Zusammenstöße, denn der sehende Partner kann den anderen lenken. Draußen ist es schwieriger. Da gibt es Baumwurzeln, über die man stolpern kann, man kann auf nassem Gras ausrutschen oder sich an der Hauswand abschürfen. Silvia ist total verwundert. Sie fühlt sich absolut sicher. Sie hat nicht die geringste Angst. Aber den Wunsch, Enno zu berühren, näher bei ihm zu sein.

„Reiß dich zusammen, Silvia, das ist eine Übung.", denkt sie. „Du bist nicht hier, um zu kuscheln, sondern um etwas zu lernen."

Plötzlich fühlt sie sich von Enno gepackt und in den Arm genommen.

„Sorry.", sagt er. „Da war eine große Baumwurzel. Du wärst beinahe darüber gestolpert."

Das erklärt allerdings nicht, warum er sie immer noch im Arm hält, oder? Eine Baumwurzel ist ja kein Krokodil, vor dem man beschützt werden muss. Sie hat aber keinen Wunsch, sich zu bewegen. Sie bleibt stehen und genießt die Situation. Es fühlt sich einfach perfekt an. Erst als Birgit das Ende der Übung ausruft, bewegt sie sich seufzend wieder in Richtung Seminarraum.

Es wird kurz über die Übung gesprochen, dann geht es weiter im Programm. Birgit gibt einen Überblick über die Techniken, die sie heute vermitteln will. Bis 12 Uhr hören die Teilnehmer ihre Tipps und machen Übungen dazu. Silvia hat Schwierigkeiten mit der Konzentration, macht sich aber keine Sorgen, es gibt am Ende ein Handout. Sie kann alles auch zu Hause nachlesen.

Beim Mittagessen im Restaurant ist es laut und turbulent. Die Teilnehmer berichten gegenseitig über ihre Erfahrungen und Empfindungen und gehen dann zu weiteren privaten Themen über. Sie erzählen von ihren Familie, Arbeitsplätzen und Hobbys. Das Essen schmeckt gut und man ist weit vom Alltag entfernt.

Enno und Silvia sind eher schweigsam. Silvia beobachtet Enno, der am Nebentisch sitzt. Was war das wirklich? Teil der Übung? Anmache? Reines Gefühl? Ein Spaß? Warum sagt er jetzt nichts? Warum sagt sie jetzt nichts?

Nach der Mittagspause geht das Seminar weiter. Auch der Nachmittag ist schön und interessant. Die Zeit vergeht wie im Flug. Es gibt Rollenspiele, bei denen man üben kann, in einem unangenehmen Gespräch mit dem Chef ruhig zu bleiben. Auf den Atem zu achten. Richtig zu denken. Gute Tipps auch für Zeiten, wo man zu viel allein ist und Gedankenkreisen hat. Die eigene Aufmerksamkeit bewusst auf bestimmte Dinge richten. Nicht in Gedankenfallen tappen. Kurz den Verstand mal ausschalten und auf die innere Stimme hören.

Die Teilnehmer sind am Ende des Seminars leicht erschöpft, aber zufrieden. Sie haben das Gefühl, viel für ihr Leben gelernt zu haben. Bis auf Ralf Förster vielleicht, der von seiner Frau geschickt wurde. Fast alle nehmen irgendetwas mit.

Auf dem Heimweg schwärmt Melanie vom Seminar. „Das war echt toll. Ich bin jetzt sicher, dass ich mich in Karlsruhe wieder einleben werde. Ich hatte die Befürchtung, dass mein Meditationskreis mir fehlen wird. Aber nun habe ich auch hier das Richtige gefunden. Einige Übungen kann ich auch mit meiner Mutter machen. Was ist? Du bist ja so ruhig?“

„Ich bin müde. Aber mir hat es auch gut gefallen. Du musst bedenken, dass ich ja nicht an all diese Gedanken gewöhnt bin. Alles ist für mich neu.“

„Ja, klar. Dann mach's gut, Silvia. Ruf mal an.“

57

„Ja, tschüss. Danke fürs Fahren.“

Zu Hause sitzt sie auf dem Sofa vor dem Fernseher. Sie denkt pausenlos an Enno. Warum hat sich keiner von ihnen beiden getraut, etwas zu sagen? Etwas wie: „Das war schön. Ich fühle mich bei dir so wohl.“

Plötzlich denkt Silvia: „Ich bin selbst schuld, wenn daraus nichts wird. Bin ich wirklich so feige? Nein! Was ist mit Teil 2, von dem Melanie gesprochen hat? Nach dem greifen, was man will?“

Sie nimmt ihr Handy und schreibt an Enno: „Es war so schön mit dir. Das hat sich so gut angefühlt. Ich hatte wirklich volles Vertrauen zu dir, es war eine wunderbare Erfahrung.“

So kann er es auf die Übung beziehen oder auf ihre Gefühle.

Nach zwei Minuten kommt die Antwort. „Für mich war es genauso. Ich denke die ganze Zeit an dich. Du fühlst dich toll an. Können wir uns noch sehen?“

Während sie noch überlegt, was sie machen soll, klingelt das Telefon. Und wenn das jetzt Tim ist? Egal. Sie kann ihm jederzeit die Meinung sagen.

„Gabelmann.“

Es ist Enno.

„Wie schön, deine Stimme zu hören. Ich möchte dich gern sehen. Hast du schon zu Abend gegessen? Wir könnten uns etwas bestellen oder ich kann für uns kochen. Kommst du zu mir?"

„Ämmm, ja, warum nicht? Aber wo wohnst du?", fragt Silvia überrascht.

„Ich kann dich abholen. Das ist am einfachsten. Da können wir uns unterwegs was vom Imbiss mitbringen. Deine Adresse finde ich auf der Gruppenliste. Was meinst du?"

„Gut. Dann bis gleich."

Silvia freut sich. Sie zieht schnell ein neues Top an, frischt ihr Make-up ein bisschen auf, bürstet ihre Haare ...

Die Türklingel ertönt und Silvia öffnet. Enno grinst sie an und seine grünen Augen strahlen. Silvia schnappt ihre Handtasche und sie gehen zum Auto.

Während der Fahrt fragt er: „Chinesisch oder Italienisch?"

„Chinesisch geht sicher schneller. Ich habe riesigen Hunger."

Komisch, dass sie das vorher nicht gemerkt hat. Mittags hat sie nur einen Salat gegessen. Während des Seminars war sie so abgelenkt und hat gar nicht an Essen gedacht.

Und wirklich geht es auch sehr schnell. Eine halbe Stunde später sitzen sie schon bei Enno im Wohnzimmer und lassen sich Frühlingsrollen und Pekingente schmecken.

Man merkt, dass das keine Single-Wohnung ist, denkt Silvia. Hier ist alles größer: Ein großer Esstisch im geräumigen Wohnzimmer, eine große, gut eingerichtete Küche, der Kühlschrank hat Familiengröße ...

„Wie lange ist denn das her mit deiner Frau?", fragt sie.

„Ein dreiviertel Jahr."

„Ach, so. Das ist noch nicht lange. Man sieht der Wohnung an, dass hier kein Single ..." Silvia stockt. Hätte sie das lieber nicht sagen sollen? Wird er jetzt traurig?

„Da hast du recht. Du kannst ruhig darüber sprechen. Ich habe es schon einigermaßen verarbeitet. Und wenn ich mit dir darüber spreche, ist das gut für mich."

Nach dem Essen genießen sie noch einen leichten Weißwein, sitzen gemütlich auf der Couch und stoßen auf die Meditatonsgruppe an, dann auf sich und ihre Gesundheit.

Enno sagt: "Wollen wir nicht ein bisschen Vertrauen aufbauen?" Er legt den Arm um sie. Es fühlt sich gut an. Wie am Vormittag. Nur fühlt es sich jetzt noch besser an, weil sie allein sind.

Wie von selbst streichelt er ihre Haare, ihr Gesicht, küsst sie. Er nimmt ihr Gesicht in seine Hände und sagt leise: „Du bist wunderschön. Ich war von Anfang an in dich verliebt."

Silvia denkt: „Das ist unglaublich. Kann das wahr sein? Ist Enno der Mann, von dem ich immer geträumt habe? Mir gewünscht habe, ich würde ihm begegnen?"

1. Sie küssen sich lange und es fühlt sich an wie Angekommensein. Und wie Schweben. Ohne darüber nachzudenken wandern ihre Hände über seinen Körper und sie streichelt seinen Arm, seinen Rücken und seinen Hals. Enno blickt sie überrascht und erfreut an, und sie erkunden den Körper des anderen. Ja, sie möchte ihm jetzt so nah wie möglich sein. Sie genießen die Nähe immer mehr und verbringen eine aufregende und schöne Nacht.

Später liegen beide noch eng umschlungen zusammen. Enno fragt: „Musst du morgen arbeiten?"

„Nein, ich habe mir freigenommen, weil ich nicht wusste, wie die Auswirkungen des Seminars auf mich sind. Ich dachte, ..."

„Und wie sind die Auswirkungen?" fragt Enno mit einem Augenzwinkern.

„Fantastisch!"

„Dann kannst du doch bei mir übernachten. Ich muss morgen auch nicht früh raus.", sagt Enno. „Ich habe auch frei. Ich mache uns morgen ein schönes Frühstück."

Sie schlafen ganz entspannt ein.

9

Silvia schreckt von einem lauten Geräusch hoch. Zuerst weiß sie gar nicht so recht, wo sie sich befindet. Da sieht sie Enno schnell seine Jeans überziehen und sein T-Shirt überstreifen, dann zur Tür hechten. Ach ja, ich bin bei Enno.

Eine Frauenstimme sagt: „Tut mir leid, es geht nicht anders. Einen anderen Termin konnte ich nicht bekommen für mein Vorstellungsgespräch. Ich muss um 10.30 Uhr dort sein. Die Fahrt dauert so lange. Ich melde mich, tschüss!"

Die Tür schlägt zu. Dann hört sie ganz helle, kleine Stimmen. „Kinder?", denkt Silvia ganz verwundert.

„Papa, ich hab Durst. Ich will Kaba."
„Papa, gehen wir heute in den Zoo?"

Silvia springt aus dem Bett, läuft zur Schlafzimmertür und schließt sie ab. Sie hat schließlich nichts an. Nun kann sie sich erst mal in Ruhe anziehen und dann herausfinden, was da läuft. Hat Enno Kinder? Davon hat er nichts gesagt. Das ist ein Schock für sie. Sie wollten doch ausschlafen und dann schön frühstücken und ihre neue Beziehung genießen. Sie wollte sich zärtlich an ihn kuscheln und ...

Sie sucht ihre Sachen und zieht sich an. Vorsichtig öffnet sie die Tür und geht in die Küche. Da sitzt Enno mit zwei süßen kleinen Kindern, ein Junge ist etwa vier Jahre alt und ein Mädchen vielleicht drei.

„Das sind Anke und Tom.", sagt Enno. „Kinder, das ist Silvia."

„Silvia, ich wusste nicht, dass sie so früh kommen. Ich dachte, der Termin wäre am Nachmittag."

Silvia sagt: „Hallo, Kinder."

Dann geht sie ins Bad, macht sich frisch und will erst einmal zu sich kommen. Das beste ist, denkt sie, ich gehe jetzt sofort nach Hause. Enno kann seinen Tag mit den Kindern gestalten. Ich kann diese Neuigkeit verdauen. Und dann sehen wir weiter. Ich hatte ja keine Ahnung ...

Sie empfindet ein Gefühlschaos in sich, das sie erst einmal ordnen will.

Sie streckt den Kopf zur Küchentür herein und ruft: „Also, ich geh dann mal. Tschüss!"

„Halt, Moment!", ruft Enno. „Ohne Frühstück kommst du nicht hier weg. Cappucchino, Müsli?"

„Ich kann zu Hause frühstücken. Du hast doch alle Hände voll zu tun.", meint Silvia. Tom kleckert gerade Kaba auf

den Tisch und über seine Hose, Anke will auf Ennos Schoß klettern.

Enno sieht sie ganz verzweifelt an.

„Bitte, Silvia, geh noch nicht. Warte einen kleinen Moment. Ich mache mir doch auch gleich Kaffee, da kann ich doch auch einen für dich machen."

Kaffee wäre jetzt schon was Schönes. Ohne Kaffee aus dem Haus zu gehen, das konnte sie noch nie. Und vor den Kopf stoßen will sie Enno ja auch nicht.

„Na, gut. Einen Kaffee, und dann gehe ich."

Sie setzt sich an den Tisch, hilft Anke, die jetzt in einem Kinderstuhl sitzt, mit ihren Corn flakes. Anke hat grüne Augen! Das bringt wieder Verwirrung in ihre Gefühle.

Inzwischen hat Enno Tom umgezogen. Der Kleine spielt nun mit seinen Autos.

Nun wird ihr klar, warum die Wohnung so groß ist und so gut eingerichtet und ausgestattet, warum im Flur so viele Türen zu sehen sind. Da gibt es auch zwei Kinderzimmer.

Gestern Abend hatte sie hauptsächlich Augen für Enno und fühlte sich ganz zu ihm hingezogen. An Kinder hat sie nicht im Entferntesten gedacht.

Einige Minuten später stellt Enno mit zwei Cappucchinos und zwei Schüsselchen Müsli auf den Tisch. Ruhe kehrt ein und sogar etwas Gemütlichkeit. Nachdem Silvia gegessen und getrunken hat, fühlt sie sich wirklich etwas besser. Was doch so ein Frühstück bewirkt!

„Meine Exfrau hat einen wichtigen Vorstellungstermin. Aber die Erzieherinnen streiken, der Kindergarten ist geschlossen. Deshalb hatte ich mir freigenommen. Aber ich hatte keine Ahnung, dass der Termin schon so früh ist, ehrlich!", erklärt Enno verlegen. „Es tut mir so leid, dass dein erster Morgen bei mir so turbulent ist."

„Und warum hast du mir nie erzählt, dass du Kinder hast? Dann wäre ich doch ein bisschen besser vorbereitet gewesen."

Sie denkt: „Dein erster Morgen bei mir. Wie das klingt! Klingt nicht nach One-night-stand. Aber ich brauche jetzt dringend etwas Abstand und Ruhe zum Nachdenken."

„Hab ich dir das nicht erzählt? Ich dachte, ich hätte."

Silvia fragt: „Wie oft kommen denn die Kinder zu dir? Ist das regelmäßig?"

„Ja, alle zwei Wochen sind sie einen Tag da. Meistens samstags."

„Danke für das Frühstück, Enno. Jetzt gehe ich aber

wirklich. Ich wünsche euch einen schönen Tag.", sagt Silvia.

Enno protestiert nicht mehr, sieht aber ganz zerknirscht aus. Er küsst sie und hält sie lange im Arm.

Schließlich löst sie sich und sagt: „Wir sehen uns ja am Mittwoch, nicht wahr? Mach´s gut."

Draußen atmet sie erst mal tief durch. Enno hat zwei Kinder. Mein Gott. Sie hat mit ihm geschlafen. Er ist in sie verliebt. Was sie selbst fühlt, weiß sie jetzt gerade gar nicht so genau.

Sie fährt mit der Straßenbahn nach Hause. Die Bahn rattert durch Karlsruhe, ans andere Ende der Stadt. Die Fenster sind beschlagen, ein leichter Nieselregen füllt die Luft. Es ist noch früh und Menschen fahren zur Arbeit, laufen hektisch mit ihren Taschen aneinander vorbei.

Endlich kommt sie zur Haltestelle in ihrer Wohngegend und steigt die Treppe hinauf zu ihrer Wohnung.

Dort sitzt sie auf ihrem Sofa und überlegt. Melanie kann sie nicht anrufen, es ist ja Montagmorgen und sie ist bei der Arbeit. Ihr Chef sieht es gar nicht gern, wenn Anrufe kommen und die Behandlungen stören.

Birgit würde sie gern anrufen, aber das ist doch eine Privatsache. Nein, beschließt sie. Damit muss ich jetzt *selbst fertig werden. Birgit hat am Wochenende gearbeitet. Und hat selbst zwei Kinder und einen Haushalt. Nein, sie will Birgit nicht anrufen.*

Was soll sie mit ihrem freien Tag anfangen? Ach ja, richtig. Meditieren. Stress im Alltag bewältigen. In schwierigen Situationen ruhig bleiben. Sie holt ihr Handout vom Seminar heraus. Was macht man in einem verwirrten Zustand, wenn man nicht weiß, wie es weitergeht?

1. Sich etwas Gutes tun.

Ok. Ich nehme ein Bad mit Duft und Kerzenschein.
Sie geht ins Bad und beginnt, Wasser einzulassen und ein Badeöl hineinzugeben. Das Wasser rauscht und plätschert, sie entscheidet sich für Lavendel-Limette.

2. Sich fragen: Wo liegt wirklich das Problem?

Darüber kann ich in der Badewanne nachdenken. Ah, das tut gut. So im Wasser liegen und die Wärme spüren, den Duft einatmen. Also, das Problem liegt darin, dass ich mich in Enno verliebt habe. Ich weiß aber nicht, ob ich damit klar komme, dass er Kinder hat.

Kinder bedeuten Einschränkung, weniger Zeit, Verantwortung, Arbeit. Ich habe das nicht erwartet, sondern einen Mann, der mit mir ausgeht, der für mich

Zeit hat, wenn er nicht arbeitet, und der mir viel Aufmerksamkeit schenkt. Dass ich dann das Wichtigste bin für ihn. Nun hat sich das ganze Bild verändert.

3. Mit jemandem darüber sprechen.

Im Moment kann ich niemanden erreichen. Alle meine Freunde arbeiten. Es ist Montagvormittag. Was tun?
Ich schreibe Melanie eine WhatsApp. Dann kann sie mich anrufen, wenn sie Zeit hat.

- Liebe Melanie, bitte ruf mich an, es ist dringend. Ich muss mit dir über ein Problem sprechen. LG Silvia-

So, das wäre geschafft.

4. Auf das innere Gefühl hören. Was sagt mein Bauchgefühl?

Mein Bauchgefühl sagt: Ich will Enno. Er gefällt mir, ich finde ihn absolut süß. Wie er immer so fürsorglich ist, zärtlich und nachdenklich, und wie er mit den Kindern umgeht, Humor hat er auch ...

Das Telefon klingelt. Es ist Melanie. Silvia erzählt ihr alles.

Melanie fühlt mit ihr, aber ihr fällt zu diesem Problem so rein gar nichts ein. So etwas hat sie noch nie erlebt oder gehört.

Sie kann verstehen, dass es für Silvia schwierig ist.

5. Eine Nacht darüber schlafen. Etwas Zeit vergehen lassen.

Das Telefon klingelt wieder. Vielleicht ist Melanie doch etwas eingefallen?

„Gabelmann."

„Hallo, hier auch. Ich bin's, Mama. Silvia, Kind, wie geht es dir?"

„Mama? Du, mir geht es eigentlich gut."

„Was heißt eigentlich?"

„Ach, weißt du ..."

Schneller als sie es sich bewusst ist, hat Silvia ihrer Mutter schon alles erzählt. Nur den Teil mit der Übernachtung lässt sie weg. Sagt nur, dass sie Fotos von den Kindern im Wohnzimmer gesehen hat. Sie kennt schließlich ihre Mutter und weiß, dass sie in dieser Beziehung wirklich altmodisch ist. Und dass sie scheinbar nicht mitbekommen hat, dass sie, Silvia, schon lange eine erwachsene Frau ist.

„Ach, Kind. Das ist ja ein Ding. Und er hat dir die Kinder

70

verschwiegen? Das klingt nicht gut. Vielleicht sucht er ja eine Frau, die ihm mit dem Haushalt und den Kindern hilft? Die meisten Männer kommen ja nicht zurecht mit einer Wohnung, und mit ihrer Wäsche. Und dann noch alle 2 Wochen die beiden kleinen Kinder. Da wird er sich gedacht haben, eine Frau könnte das wohl besser."

Diese Gedanken tun weh. Könnte das so sein? Kann ich Enno wirklich vertrauen, nur weil wir eine Übung zusammen gemacht haben? Nur weil wir in der gleichen Gruppe sind? Und weil er wunderbare grüne Augen hat und sich gut anfühlt?

„Überlege dir das gut, Silvia. Lass etwas Zeit vergehen. Vielleicht findest du ja noch einen anderen Mann, der genauso zu dir passt, und ohne Kinder. Da müssen doch noch andere Männer an dir interessiert sein. Du bist so ein intelligentes und hübsches Mädchen."

„Frau, Mama, ich bin eine Frau. Ja, ich überlege es mir gründlich. Danke, Mama. Und wie geht es euch?"

Das Gespräch hat wirklich nicht geholfen. Im Gegenteil, es hat sie nur mehr beunruhigt. Danach fühlt sie sich erst richtig schlecht.

Das Handy piept. Sie hat eine Nachricht.

— *Wir gehen in den Zoo. Hast du Lust mitzukommen? Um 14 Uhr am Haupteingang? Enno, Tom und*

71

Anke -

Ohne groß nachzudenken schreibt Silvia:

– Ok. Ich komme um 14 Uhr. Silvia -

Als sie dort ankommt, waren die drei schon am Eingang des Tierparks und sie betreten die Anlage.

Sie gehen am See mit den Flamingos vorbei, zu den Affen, dann zum Streichelzoo. Die Kinder sind lieb, so als ob sie wüssten, dass sie für Silvia ein Problem darstellen. Nach kurzer Zeit kommt Tom schon mit Tierfutter zu ihr gerannt und fragt: „Hilfst du mir? Ich trau mich nicht allein zu den Ziegen." Sie füttern die Ziegen zusammen. Mehr und mehr schafft es Tom auch selbst, die Hand hinzuhalten. Er hat keine Angst mehr, dass die Tiere beißen.

Zwischen Silvia und Enno knistert Unausgesprochenes. Sie blicken sich ab und zu an und sprechen nur wenig.

Am Kiosk gibt es eine Bratwurst und ein Eis. Für alle. Um 15.30 Uhr gehen sie zum Haupteingang und treffen Vanessa, die Exfrau.

Sie ist mit dem Zug in eine andere Stadt gefahren, hatte ihr Gespräch und ist jetzt wieder zurück. Die Kinder werden abgeholt. Die drei Erwachsenen schauen sich kaum an, aus unterschiedlichen Gründen.
Dann sind Silvia und Enno allein im Tierpark.

„Gehen wir noch ein Stück?", fragt Enno.

Sie gehen durch die Grünanlagen, trinken einen Cappucchino in einem Café und Silvia sagt: „Ich brauche jetzt Zeit, um das zu verdauen. Deine Kinder sind wirklich lieb. Aber heute Morgen hat mich das total überrascht und ich muss darüber nachdenken."

„Kann ich verstehen.", meint Enno. „Schön, dass du in den Zoo gekommen bist. Nun weißt du doch ein bisschen mehr über uns, wenn du über die Situation nachdenkst. Weißt du, ich muss Vanessa doch unterstützen, einen Job zu finden. Wenn sie auch arbeitet, habe ich selbst mehr Geld übrig. Ich möchte doch nicht immer so leben, dass ich mich ausgenützt fühle. Ich selbst habe kaum noch Geld für mich. Obwohl sie mich betrogen hat, kann ich doch nicht aufhören, sie zu unterstützen. Der neue Freund verdient ganz wenig. Ich habe ein gutes Einkommen, es bringt mir aber zur Zeit gar nichts. Vanessa musste zur Zentrale der Firma fahren, wo sie sich vorgestellt hat. Arbeiten würde sie dann hier in Karlsruhe."

Das klingt alles vollkommen logisch. Natürlich musste er die Kinder nehmen. Natürlich hat er sich gestern gefreut, als sie ihr Bedürfnis nach Zärtlichkeit ausgedrückt hatd, und hat ganz vergessen, ihr von den Kindern und dem Termin zu erzählen. Alles ganz logisch.
„Gut, Enno, dann lass mir ein bisschen Zeit."

„Soviel du willst. "

Sie umarmen sich kurz und intensiv, dann fährt sie wieder mit der Straßenbahn nach Hause.

10

Mittwoch Abend um halb sieben. Silvia denkt: „Ich gehe nicht zur Meditation. Ich bin noch nicht so weit, Enno zu begegnen. Aber: Muss ich wirklich auf die Meditation verzichten, weil ich mich noch nicht entschieden habe? Was hat das eine mit dem anderen zu tun? Ich brauche die Meditation, um meinen Alltag besser zu bewältigen, um in der Praxis und mit allen Leuten besser klarzukommen. Und noch dazu sieht es dann so aus, als ob ich kneife. Als ob ich Angst hätte und mich vor ihm verstecken müsste. Nein, ich gehe."

Kurz vor sieben sind fast alle da. Melanie hat ihren Arbeitskollegen mitgebracht, er will mal im Kurs schnuppern. Nur Enno ist nicht da. Um so besser, denkt Silvia. Jan teilt diesmal die Matten und Decken aus. Silvia sitzt schon auf ihrer Matte. Zwei Minuten vor sieben kommt Enno und legt seine Matte dicht neben sie.

Birgit beginnt: „Wir machen heute eine Berg-Meditation. Der Berg ist in vielen Kulturen ein heiliger Ort und ein Symbol für Ruhe und Stille, ein Ort der Kraft.

Wir machen die Meditation im Sitzen, damit wir einem Berg gleichen. Setzt euch in den Schneidersitz oder den Lotossitz, wenn ihr könnt, und fühlt euch so ruhig und sicher wie ein Berg.... "

Im Laufe der Meditation spüren die Teilnehmer in sich die Kraft eines Berges. Die Jahreszeiten kommen und gehen, Die Sonne brennt auf ihn nieder, Regen prasselt herab und der Wind stürmt um ihn herum, er ragt immer gleich in den Himmel. Schnee, Eis, Wolken und Nebel umgeben den Berg, Schmelzwasser im Frühjahr,
heiße Sonne im Sommer, Stürme im Herbst und Schnee im Winter. Tag und Nacht umgeben den Berg. Beim Menschen bedeutet das ihre Erlebnisse, Gedanken und Gefühle, die Stürme der emotionalen Krisen umgeben uns und wir bleiben ruhig in unserer Mitte.

„Wow", denkt Silvia. „Ich bin ein Berg, der immer auf seinem Platz bleibt. Dies und das kam unerwartet wie Regen oder Sturm. Ich bin immer noch die Gleiche. Unerschütterlich. Und werde es weiterhin bleiben. Alles ist gut."

Während der Meditation erfüllt das Gefühl der Unerschütterlichkeit ihr Inneres. Plötzlich weiß sie, dass sie das alles bewältigen kann. Sie kann Enno und auch seine Kinder lieben. Sie kann ihr eigenes Leben damit in Einklang bringen. Sie kann mit allem fertig werden. Sie weiß es ganz sicher.

Unwillkürlich wandert ihre Hand zu Ennos Hand, die beiden Hände umschließen sich. Er weiß genau, was das bedeutet.

Die ganze Zeit der Meditation halten sie sich an den Händen, auch noch, als Birgit sagt: „Und wir kommen zurück ins Hier und Jetzt. Wir recken und strecken uns und in dem Tempo, das uns gefällt, öffnen wir langsam die Augen."

Herstellung und Verlag:
BoD- Books on Demand, Norderstedt
ISBN: 978-3-7481-3359-9